FLEURS D'HIVER

FLEURS D'HIVER

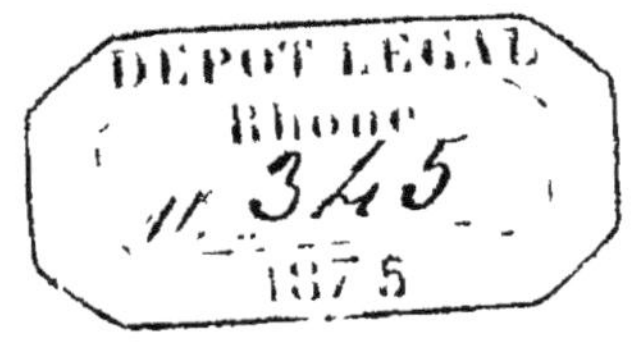

LYON

IMPRIMERIE H. STORCK

1875

FLEURS D'HIVER

LES ENFANTS

Beaux Chérubins, si blancs, si roses,
  Dont lys et roses
   Seraient jaloux,
   Si bons, si sages,
Pourquoi des pleurs sur vos visages?
Beaux Chérubins, ah! qu'avez-vous?

  A-t-elle fui de vos mémoires
   La ligne noire,
   Que le Jourdain,
   Du lac Ephite
Jusques à la mer Asphaltite,
Sur vos cartes trace si bien?

Avez-vous fait un mauvais rêve,
        Et mal sans trève,
Le cauchemar toute une nuit,
        Ainsi qu'une ombre
        Hideuse et sombre,
A vos côtés, s'est-il assis?

Mais les pleurs de leurs yeux humides,
        Perles timides,
        Coulent toujours;
Pour bien essuyer leur paupière,
Il faudrait la main d'une mère,
        Ou son amour.

UNE PEINTURE

Ah ! voici l'heure où le soleil décline,
Où dans les cieux la lumière pâlit ;
L'on n'entend plus sur les nobles collines
Que les vautours et les oiseaux de nuit.

La France, hélas ! a perdu la mémoire
De ses vieux rois et de ses paladins ;
César est mort, et morte aussi sa gloire,
Plus de héros, et plus de citoyens.

Dans les palais, les soldats, les sicaires,
Des alguazils le cortége odieux ;
Dans le Forum, l'Envie et ses vipères,
Au pas oblique, aux sifflements hideux,

Prêts au pillage, au meurtre, à l'incendie,
Nos défenseurs font trembler nos cités;
Pour l'asservir, désolent la patrie,
Vandals et Goths par Louis enrôlés.

Le peuple prend les lois pour des entraves,
Il veut mêler du sang à ses plaisirs;
A l'étranger, il lui faut des esclaves,
A l'intérieur, il lui faut des martyrs.

Un homme assis sur la tremblante cime
Ne fait qu'un geste, et la France obéit;
Pour tout génie il a le don du crime,
Mais c'est assez pour régner aujourd'hui.

De toutes parts on s'incline, ou l'on tremble,
On court servir le maitre triomphant,
Demandât-il quinze ou vingt têtes ensemble,
Eût-il aux mains le sang de votre enfant.

En pleine paix, les horreurs de la guerre,
La loi qu'on suit à l'heure du combat;
Femmes, enfants, des familles entières,
Livrés au peuple, aux fureurs du soldat.

Fleuves, forêts, chemins, ont leurs mystères,
Il sort des voix de réduits innommés;
Secrets affreux! Le regard téméraire,
A leur aspect, recule épouvanté.

Calme et serein dans l'effroyable scène,
Le prêtre au ciel élève les deux mains,·
Trouve des vœux de vengeance et de haine,
Et recommande à Dieu... les assassins.

Mais, Dieu puissant! tu t'es lassé du crime,
Dans ta colère as pris un trait vengeur;
Bientôt au cri des mourants, des victimes
Va se mêler celui de nos vainqueurs.

CORONA TRIBULATIONIS

Quand sous les coups du bûcheron sauvage,
   Par un jour de pluie et d'orage,
  Le chêne des montagnes est tombé,
   Dans ses racines on a trouvé
Une fleur humble encor, que Dieu sous son ombrage.
Par un jour de printemps avait voulu semer.

Dorénavant sur sa fragile tête
   Le souffle violent des tempêtes,
   Sans frein, ni loi, pourra sévir ;
  Par les autans promptement effeuillée,
   De sa couronne dépouillée,
Nous la verrons bientôt se pencher et périr.

Qu'a-t-elle fait à l'Orgueil, à l'Envie,
Dans sa pure, innocente vie,
Cette fleur naissante, ce lys,
Qui charmait nos regards naguère,
En qui nous retrouvions les grâces de la terre,
Avec l'éclat lointain du Paradis?

SUSPIRIA VENTIS

Descendons deux à deux le fleuve de la vie,
Et berçons nos amours sur les flots inconstants ;
Recueillons en passant, sans haine et sans envie,
Le rayon du soleil, le parfum du printemps.

Comme un dais lumineux suspendu sur nos têtes,
Le ciel au loin déroule une nappe de feu ;
L'univers est paré, la nature est en fête
Pour réjouir les hommes, et pour célébrer Dieu.

Je voudrais réveiller les morts dans leur poussière,
Et les convier tous à des hymnes sans fin ;
Voir noyer dans des flots d'amour et de lumière
Les haines, les soucis, qui rongent les humains.

Jamais ne sortira de mon cœur, de ma bouche,
Un hommage à la force, à l'astuce, à la peur;
Et je garde mes vœux pour des dieux moins farouches :
La concorde et la paix, l'amour et le bonheur.

GLORIA IN EXCELSIS

Celui que dans les cieux l'on fête et l'on adore,
  Que l'univers ne saurait contenir,
  Dont le verbe est un feu qui dévore
Et la face un soleil que rien ne peut ternir,
Qui sur l'aile des vents invisible s'envole,
Qui nous a créés tous d'un mot de sa parole,
    Sous cette humble coupole
    Aujourd'hui va venir.

Il descend entouré de cent légions d'anges,
Sur vingt modes divers célébrant ses louanges;
    Dans les cieux entr'ouverts,
On entend s'élever des voix suaves et pures,
    On entend le murmure
    Des célestes concerts.

NOUVELLE PARISIENNE

(AIR INÉDIT)

Vive Paris, la ville des merveilles,
Vive Paris, reine de tous les arts,
Vive Paris aux héroïques veilles,
Vive Paris aux glorieux remparts!

La France en toi se contemple et s'admire,
Se voit plus belle et plus grande à la fois;
Dans tes palais, tes temples elle se mire,
Elle s'enivre au doux son de ta voix.

La France aussi garde dans sa mémoire
Ce camp formé d'un peuple tout entier,
Ces jours mêlés de souffrance et de gloire,
Ces longs combats qui furent les derniers.

Et maintenant te voilà république,
Rêvant encor quelque noble dessein,
Comme un portrait de la déesse antique,
Le casque en tête, et la lance à la main.

REFRAIN

Vive Paris, la ville des merveilles,

. . . .

Aimable objet des regards de la terre,
Peuples et rois viennent te visiter,
Et réchauffer leur luxe ou leur misère
Au doux soleil qu'on nomme liberté.

Dans tes loisirs tu t'occupes du monde,
De l'éclairer, le sauver, l'affranchir ;
Les nations à tes sources fécondes
Courent puiser pour vivre et pour grandir.

A cet appel se leva l'Amérique,
Et puis l'Égypte et la Grèce, à leur tour,
Puis la Suisse, l'Espagne, la Belgique,
Et la Pologne elle-même eut son jour.

Et Rome enfin et la vieille Italie,
Et la Turquie, et l'Orient lointain,
Et tous les peuples à cette main amie
Livrent la leur, et fient leur destin.

Aussi quand Dieu, retirant sa puissance,
De tes grandeurs te laisserait déchoir,
Sur tous les cœurs, sur les intelligences,
Tu régnerais sans sceptre et sans pouvoir;

Par la pensée encor menant le monde,
Le soulevant encor àvec ta voix,
Tu resterais, immortelle et féconde,
L'amour des peuples, et la terreur des rois.

Vive Paris, etc.

Jadis les Grecs au siècle d'Alexandre,
Jadis les Grecs au siècle des Romains,
Vaincus aussi, surent aussi descendre,
En se montrant plus grands et plus humains.

Courage, allons! jette au feu, jette à l'onde
Les vieux drapeaux de nos divisions,
La haine aveugle, et l'envie inféconde,
Les vieux débris des superstitions.

Et libre alors des liens de leurs crimes,
Des fosses ouvertes par l'iniquité
Tu sortiras transfiguré, sublime,
Comme en sortit le Christ ressuscité.

Ce jour-là guerre, ignorance et misère,
Ces trois fléaux de notre humanité,
Comme un nuage atteint par la lumière,
Disparaîtront devant la liberté.

Les nations, retrouvant la mémoire,
Voudront aussi s'embrasser et s'unir,
Et le bonheur, oublié par l'histoire,
Redeviendra le mot de l'avenir.

Vive Paris, etc.

PRIÈRE

POUR TOUTES LES COMMUNIONS CHRÉTIENNES

Non, le vrai Dieu n'est pas une cruelle idole,
Qui s'abreuve des larmes et du sang des mortels ;
Sa main soutient, et sauve, et bénit, et console,
L'amour et la pitié siégent sur ses autels.

Si du trône éternel nous le voyons descendre,
Ce n'est pas pour régner, dominer, conquérir,
Qu'à nos biens, nos honneurs il veuille rien prétendre.
Jésus vient parmi nous pour souffrir et mourir.

Il ne préfère pas dans sa toute-puissance
Naître prince ou héros, empereur triomphant,
Mais laissant là la force, il choisit l'innocence,
Il choisit la faiblesse, et veut être un enfant.

Et cet enfant a faim, soif et froid sur sa paille,
Sa mère le réchauffe en ses bras de son mieux,
Les vents de son logis ébranlent la muraille,
Entrez, et vous verrez pleurer le Fils de Dieu.

Sur ce berceau pourtant une étoile rayonne,
Sur le front de sa mère un cercle de feu luit ;
Les rois vont à ses pieds déposer leur couronne,
Les passions encor se taisent devant lui.

L'enfance est une fleur, le lys est son emblème,
Et Dieu ne la fit par pour Judas, ni Simon,
Pour chanter dans l'orgie, et hurler le blasphème,
Pour servir les bourreaux et hanter les démons.

Il grandit, comme nous, sous les yeux d'une mère,
De tendresse et de soins comme nous entouré,
Caché pendant trente ans aux regards de la terre,
Trente ans humble et soumis, avant d'être adoré.

II

Et quand il sort enfin de l'ombre et du silence,
Ce n'est pas l'œil farouche et le front irrité,
Le cœur gonflé de fiel, de haine et violence,
Pour venger sa détresse et son obscurité;

Donner voie aux fureurs qui couvaient en son âme,
Haine, envie, ou luxure, abominations,
Dérouler sous nos yeux une effroyable trame,
Vols, meurtres, tortures, exterminations;

Répandre autour de lui la discorde et la guerre,
Diviser les familles ainsi que les Etats,
Semer ces tristes grains d'ignorance et misère
D'où sortent tous les vices, et tous les attentats;

Au nom du Dieu de paix demander des victimes,
Le poignard à la main prêcher la charité,
Au monde fatigué de malheurs et de crimes
Offrir le brigandage et la mendicité;

Rendre aux hommes en un mot la nuit du moyen âge,
Et troublant tour à tour les peuples et les rois,
Couvrant le globe entier de débris, de naufrages,
Planer sur le chaos une seconde fois.

Il en sort sans orgueil, sans haine et sans ivresse,
Sans ombres dans le cœur et sans plaie à cacher;
C'est un vase rempli d'amour et de tendresse,
Qui sur le genre humain demande à s'épancher.

Ses longs cheveux flottants semblent une auréole,
Son front unit la grâce avec la majesté,
Et ce regard si doux qui charme et qui console
Est tout plein des rayons de la divinité.

Sa parole est suave, a des flammes, des ailes,
Elle pénètre, émeut et ravit tour à tour,
C'est une onde qui sort de la source éternelle;
C'est un ruisseau de feu, c'est un ruisseau d'amour.

Il parcourt les cités, les champs, les solitudes,
Jeûnant, priant, prêchant les peuples et les rois,
Et traînant après lui de vastes multitudes,
Qui vivent suspendues au souffle de sa voix.

III

« Je suis la vérité, la vie,
La voie ouverte au monde et qui doit le sauver.
La lumière pure, infinie,
Le Verbe de Dieu même à la terre envoyé.

Je suis le soleil de justice,
Qui brille dégagé de nuages et d'erreurs,
Et le juge qui n'a passion, ni caprice,
Persécution, ni faveurs.

« Je ne viens à César disputer sa puissance,
Aux hommes leurs biens, leurs honneurs,
J'ai pris l'humilité pour moi, l'obéissance,
Je suis Dieu, je suis Roi, mais mon trône est ailleurs.

« N'amassez pas des trésors sur la terre,
Que la mort, les voleurs, vous pourraient enlever ;
  Mais des vertus et des lumières,
Des richesses qu'au ciel vous puissiez retrouver.

« Portez le poids de la journée,
D'un air content, d'un pas léger ;
  Et si votre épaule est lassée,
  Priez Dieu de la soulager ;
  Et si quelqu'un devant vous passe,
  Qui soit moins chargé que vous,
De sa faveur ne soyez point jaloux,
Et ne reprochez pas au Créateur ses grâces.

« N'enviez pas la maison neuve,
Le vaste enclos du champ voisin ;
Respectez le bien de la veuve,
Ne dépouillez pas l'orphelin ;
· Avec la force et la puissance
Evitez tout pacte odieux,
  Et n'attirez pas l'innocence
  Dans vos plans insidieux,
Pour vous engraisser de sa substance,
  Et du sang des malheureux.

« J'ai banni de mon royaume
L'oisif et le voluptueux ;
C'est moi qui foudroyai Sodôme,
Purifiez vos cœurs, si vous voulez voir Dieu.

Apprenez des Païens à respecter l'enfance,
La faiblesse et l'innocence;
Aux cieux elles ont un défenseur,
Dans les cieux elles ont un vengeur.

« Donnez votre bien en aumônes,
Donnez votre vie en bienfaits,
Car le cœur de celui qui donne
Se dilate et s'emplit d'allégresse et de paix;
Donnez en conseils salutaires
Aux hommes égarés, au monde corrompu;
Donnez en exemples austères,
En sagesse, en vertu.

« O hommes, vous êtes tous frères,
Vous habitez la même terre,
Vous allez au même trépas
Et la même main vous créa.
Plus de discorde et plus de haine,
Qui mettent l'univers en deuil,
Plus d'esclaves et plus de chaînes,
Plus d'envie et plus d'orgueil.

« Mon oreille est ouverte aux soupirs des victimes,
Elle se ferme au vœu du riche et du puissant,
Je détourne mes yeux des violences, des crimes,
Et j'ai l'horreur du meurtre et du sang innocent.

« Le passereau que votre main tourmente,
C'est moi qui l'ai nourri, c'est moi qui l'ai formé ;
Et ces enfants, jouets de votre main puissante,
Sont l'œuvre de mes mains, et vous m'en répondrez.

« Laissez-moi désormais le soin de vos vengeances,
Réconciliez-vous avant la fin du jour,
    Car je suis le Dieu de clémence,
    De miséricorde et d'amour. »

IV

« Surtout que vous ayez sans cesse
Dans vos soucis, dans vos labeurs,
Dans vos douleurs, dans vos tristesses,
Aux lèvres le nom du Seigneur.
Commencez toujours la journée
Et de même finissez-la,
Par celui qui vous l'a donnée,
Par celui qui l'a reprendra.
Dites-lui : dites : « notre Père,
Dont la demeure est dans les cieux,
Tournez vers nous et nos misères,
Un œil miséricordieux.
Ne voyez dans vos créatures,
Ni les fautes, ni les souillures,
Mais votre nom, Seigneur, sur votre ouvrage empreint,
Et l'humble ressemblance à l'immortel dessein.

« Que votre main à chacun donne
Ce qu'il rêve, ce qu'il lui faut ;
Au jeune arbrisseau sa couronne,
Le grain de mil au pauvre oiseau.
Faites distiller la rosée
Sur la terre fertilisée ;
Sur les blés verts, les fruits vermeils,
Versez la pluie et le soleil ;
Dissipez les nuages, écartez les tempêtes,
Donnez à l'homme un toit pour reposer sa tête,
Et l'abri de la nuit, après la paix du jour ;
Et, qu'en rentrant dans sa demeure
Il retrouve au moins à cette heure
Un peu de paix, un peu d'amour.

« Que la jeune et tendre couvée
Avec le lit de mousse ait l'herbe du matin,
Que son aile à peine formée
N'aille pas rencontrer quelque horrible destin,
Etre par l'autour enlevée,
Ou se perdre sur les chemins.
Laissez les enfants à leur mère,
Laissez la mère à ses enfants ;
Sur le pauvre et sur l'ignorant
A flots répandez la lumière ;
Aux mains du crime triomphant
N'abandonnez pas la terre.

" O vous qui réglez les saisons,
Vous qui réglez le sort du monde,

Vous qui rendez la nature féconde,
Qui dirigez les nations,
Seigneur, réglez aussi nos cœurs et nos pensées,
Mettez, mettez un frein aux haines insensées;
Relevez doucement les âmes affaissées
Sous le poids des ennuis, sous le poids des chagrins;
Envoyez-nous l'esprit de force et de courage,
Et venez soutenir et diriger nos mains
A l'heure où sur les eaux se lève un vent d'orage,
Où la foudre déjà gronde dans les nuages,
Où les ponts sous nos pieds commencent à frémir,
Où l'écueil montre au loin sa redoutable cime,
Où l'on entend hurler les monstres de l'abîme,
Et faites nous passer, sans sombrer ni pâlir,
Sur le point noir tout prêt à nous ensèvelir.

« Seigneur, donnez-nous la justice,
Premier bien des sociétés;
Afin d'achever l'édifice,
Seigneur, donnez-nous la bonté.
Et de tous nos chemins, et de toutes nos routes,
Et de toutes les voies où nous devons passer.
Eloignez, détournez le blasphème et le doute
Qui flétrissent les cœurs de leur souffle glacé,
L'hypocrite chargé de crimes et de vices,
Qui, pour mieux vous tromper, vous choisit pour complice;
Le chrétien idolâtre, et qui veut vous offrir
Les holocaustes antiques, et le sang des martyrs;
La luxure au front chauve, à l'oblique prunelle,
Qui jusqu'au fond du nord va chercher des modèles;

Le marchand dénué d'entrailles et de pudeur,
Qui s'en va spéculant sur la vie et l'honneur;
L'homme qui porte au front un masque d'imposture,
Le traître, l'apostat, le lâche, le parjure;
Le valet dévoué, religieux, soumis,
Qui veut forcer nos filles, assassiner nos fils;
L'envieux dont la joie est de perdre et de nuire,
De souiller, déchirer, de briser, de détruire;
La vengeance altérée, avide de malheurs,
Et dont vingt ans n'ont pu contenter les fureurs;
La paresse trainant sa robe de misère,
A ses vices essayant d'intéresser la terre,
En lui jetant les mots de Dieu, de Charité,
Du voile de l'autel couvrant sa nudité,
Qui se plait aux ténèbres, et hante les ruines,
Qui vit du mal d'hier, ou du mal d'aujourd'hui,
De la honte et du dol, du sang et des rapines,
Et comme le vautour se nourrit de débris;
Le tyran qui voudrait sur les intelligences,
Par le glaive régner, la flamme, ou le poison,
Et, semant la violence et la corruption,
Triompher de nos maux, et de nos décadences;
Le brigand qui la nuit s'embusque au coin du bois,
Ou se tapit le jour à l'ombre de la loi;
Tous ceux qui font métier de bassesse ou de crime,
Qui jouent avec la chair, ou l'âme des victimes,
Tous ceux qui marchent enfin dans la boue, ou le sang,
Les loups et les chacals, les tigres et les serpents.

De ce peuple hideux, féroce, impitoyable,
Tortueux, impudent, avide, insatiable,
Sans principes, sans lois, sans honte, sans remords,
Qui ne respecte rien, les vivants, ni les morts ;
Qui fait la nuit inquiète et rend le jour si sombre,
Qu'on dirait les démons venus du sein des ombres
De leurs affreux regards, de leurs affreux désirs,
Troubler notre repos, nos travaux, nos plaisirs,
De leurs voix, de leurs cris, de leurs gestes immondes,
Délivrez notre esprit et délivrez nos yeux.

« Dans une retraite profonde,
Laissez-nous plutôt vivre obscurs, insoucieux,
Comme une fleur du bord de l'onde,
N'ayant pour tout soleil qu'un reflet de vos cieux.

« Et lorsque dans ce val de misère et de larmes
Nous aurons bien souffert, nous aurons bien lutté,
Assez vu de périls, et d'embûches, et d'alarmes,
Fait quelque peu de bien, de vos mains accepté ;
Que dans le crible affreux des maux et des souffrances,
Notre esprit rejetant ses erreurs, ses péchés,
Ses joies et ses pensers, ses deuils, ses espérances,
De vous se sera rapproché ;
Que l'heure inévitable, effrayante, inconnue,
Aura sonné, sera venue
En dépit des terreurs, des plaintes, des regrets ;
Que notre âme émue et tremblante

Dans ses liens de chair encore frémissante,
Attendra votre approche et le dernier arrêt;
Seigneur, dans ce moment douloureux et suprême,
　　Que les saints redoutent eux-mêmes,
Ne nous laissez pas seuls nous débattre et périr,
Mais détachez plutôt des célestes phalanges,
　　Envoyez quelqu'un de vos anges,
Qui nous aide à prier, qui nous aide à mourir.

Et quand rompant enfin ses attaches mortelles,
　　Cette âme secouera ses ailes,
　　Et, malgré l'enfer et la mort,
　　Vers les sphères éternelles
　　Prendra son invincible essor,
Seigneur, ne fermez pas la divine demeure
A l'humble serviteur éprouvé par vos mains,
A ce faible instrument de vos profonds desseins;
　　Ouvrez-lui vos portes à cette heure,
Laissez-le se mêler à vos justes, à vos saints;
Donnez-lui de trouver dans cette foule heureuse,
Qui chante à vos côtés un *hosannah* sans fin,
Tous ces fantômes chers, ces ombres glorieuses,
Qui du temps ont franchi les sombres défilés,
Et dont les souvenirs sont aujourd'hui sacrés;
Un père, dont la voix chérie à mon oreille
Résonne grave et douce, encor comme la veille;
Une mère dont les tendres et suprêmes avis
Demeurent imprimés au fond de notre esprit;
Une sœur, doux oiseau, fière et pure colombe,

Qui lasse s'abattit un jour sur une tombe,
Laissant son nid ouvert, sous les chênes bercés
Par tous les vents du ciel sur leur cime amassés ;
Et toute la moisson malheureuse et féconde,
Et tous ces épis verts, et sans soleil venus,
Qu'a coupés sans pitié le faucheur inconnu,
Enfants, adolescents, têtes brunes ou blondes,
Vierges par lui tranchées à leur premier souris,
Jeunes hommes beaux, braves, à l'âme libre et fière.
Au retour du combat que la mort a surpris,
Espérances, soutiens, ou charmes, ou lumières,
Que vous aviez placés près de nous sur la terre,
Et qui déjà sans doute inquiets, soucieux,
Nous attendent, Seigneur, nous attendent en vos cieux.

V

« Quant à vous, prêtres et lévites,
Que mon père a chargés du salut d'Israël,
Que vos cœurs, votre esprit, votre parole évitent
    De mêler les dons éternels,
    De mêler des soins immortels
    Aux viles passions de la terre.

    « Allez veiller sur les hauts lieux,
    Et demeurez dans la lumière,
Dans ce jour vif et pur qui rayonne des cieux,
Au-dessus des pensers, des soucis de la foule,
Du flux et du reflux de l'océan humain,
De l'écume et du bruit, du vent et de la houle,
Et dans nos différends ne mettez pas les mains.
Ou, si vous descendez dans l'affreuse mêlée,
Que ce soit, la fureur et la haine écoulées,

Pour panser les blessures et pour sécher les pleurs,
Pour supplier le Dieu de paix et de justice,
    D'amour et de sacrifice,
D'éclairer les esprits, de rapprocher les cœurs.

« Vous avez préféré l'ombre du sanctuaire
Aux biens, aux dignités, à la gloire, au plaisir ;
Vous avez pris la voie étroite et solitaire,
Content pour moi de vaincre, et souffrir, et mourir ;
Allez donc et prêchez, du couchant à l'aurore,
Le Dieu qui vous envoie, et que le ciel adore ;
Enseignez tous les peuples, et, pour mieux l'annoncer,
Au faîte des maisons, et sur les toits montez ;
Semez partout la foi qui renouvelle et fonde,
Illuminez, changez, convertissez le monde ;
Mais, pour le diriger, n'allez pas l'opprimer,
Mais, pour mieux l'éclairer, n'allez pas l'égarer,
Et ne perdez pas ceux que vous devez sauver.

« Ah ! sans doute il est beau de conquérir le monde,
N'ayant pour instruments qu'une chaire, une croix ;
D'aller porter à tous la parole féconde,
Et d'évangéliser les peuples et les rois ;
Du désordre et du mal de corriger la terre,
De lui dicter des règles heureuses et salutaires,
Qui remplacent sans bruit ses décrets et ses lois ;
De régner sans soldats, sans trésors, sans couronne,
Et de voir s'affermir ou s'ébranler les trônes
    Au souffle de sa voix.

« Mais la religion elle-même s'altère
Au contact prolongé des intérêts humains,
Et pour avoir voulu trop gouverner la terre
    Du ciel un jour elle perd le chemin.

« Je sais bien qu'héritiers des sages, des prophètes,
Sur les murs du festin vous tracez l'avenir, .
Que le soleil encore à votre voix s'arrête,
Et qu'on voit du tombeau les morts encor sortir ;
Que, dans votre Evangile et sa lettre féconde,
Découvrant l'avenir et le destin du monde,
Vous évoquez déjà d'un air impérieux
Les merveilles sans fin de la cité nouvelle,
L'ordre et la paix fondés sur l'amour et le zèle,
Les peuples tous régis par des lois fraternelles,
Tous ensemble entraînés dans les voies éternelles,
Une nouvelle terre, enfin de nouveaux cieux.

« Hommes de peu de foi, qui rêvez des prodiges,
    Pourquoi n'en opérez-vous plus,
Et pourquoi voyons-nous désormais sans prestige
    L'honneur, le devoir, la vertu ?

« Surtout n'approchez pas avec des mains impures
    Du Dieu sans tache et sans souillure,
Et, du Dieu des martyrs, du Dieu des innocents,
    Avec des mains teintes de sang.

« Vous avez dans les cieux, vous avez un modèle,
    C'est à lui qu'il faut ressembler ;
La foi, la charité vous prêteront leurs ailes,
Quand vous voudrez de près le voir, le contempler

« Soyez humbles, doux, pacifiques,
    Patients, tempérants, pudiques,
Détaché des plaisirs, des honneurs et des biens,
    Soyez saints comme mon père est saint ;
        Et ne descendez sur la terre,
        Comme les anges des sphères,
        Que pour instruire, édifier,
        Ou pour sauver et consoler ;

« Et les hommes adorant celui qui vous inspire,
La foi du dévouement et celle du martyre,
    Celle des bienfaits, des vertus,
Ce jour-là sans effort croiront à vos paroles,
Fouleront sous leurs pieds les temples abattus,
Chasseront leurs docteurs, briseront leurs idoles,
Et poussant tous ensemble un seul et même vœu,
N'auront plus qu'un autel, et qu'un culte, et qu'un Dieu.

« Et peut-être qu'alors les exploits des vieux âges,
Les gloires, les splendeurs des temps évanouis,
Les rois victorieux, les héros et les sages,
Reparaîtront soudain à leurs yeux éblouis ;

Que les peuples endormis du sommeil de la tombe,
Sentant un jour plus pur qui d'en haut luit et tombe,
Dans leurs veines épuisées un sang nouveau couler,
Secoueront tout à coup leur linceuil de poussière,
Et que vous les verrez sur un lit de lumière
    Se lever et ressusciter.

VI

« Et toi Jérusalem qui chasses les prophètes,
Et qui lapides ceux qui te sont envoyés,
Quand vers le ciel enfin lèveras-tu la tête,
Pour implorer Celui qui commande aux tempêtes,
En lui montrant ton front saignant et foudroyé ?

« J'ai vu la mort pleuvoir sur tes champs de bataille,
Les braves par milliers rouler confusément,
Tous les fronts assombris par tant de funérailles,
J'ai vu ton fier drapeau s'incliner tristement.

« La discorde, dit-on, avait ouvert tes villes,
Vidé tes arsenaux, dispersé tes soldats,
Et le génie affreux de la guerre civile
    Planait au moment du combat.

« Que de fois j'ai voulu rassembler sous mes ailes
Tes enfants divisés de haines éternelles,
Décimés, fugitifs, tremblants, irrésolus,
    Et tu ne l'as pas voulu !

« Comme un vieux vêtement, jetant là tes croyances,
    Tes vieilles mœurs, tes vieilles lois,
    Pour toute règle et toute foi,
Prenant des passions, des vœux, des espérances,
Tu t'élances sans peur sur une mer immense ;
    Mais, quand pour la seconde fois,
Aux désirs de ton cœur Dieu donnant la victoire,
Laisserait renverser avec la royauté
Les fondements anciens de la société,
Pourrais-tu remplacer la liberté, la gloire,
La justice et l'humanité ? »